몽유록

여든 무렵의 시편

몽유록

초판 1쇄 인쇄 · 2017년 8월 5일
초판 1쇄 발행 · 2017년 8월 10일

지은이 · 송하선
펴낸이 · 한봉숙
펴낸곳 · 푸른사상사

편집 · 지순이 | 교정 · 김수란
등록 · 1999년 7월 8일 제2-2876호
주소 · 경기도 파주시 회동길 337-16(서패동 470-6)
대표전화 · 031) 955-9111(2) | 팩시밀리 · 031) 955-9114
이메일 · prun21c@hanmail.net
홈페이지 · http://www.prun21c.com

ISBN 979-11-308-1210-6   03810

값 12,000원

몽유록

여든 무렵의 시편

송하선 제9시집

푸른사상
PRUNSASANG

나이 80세를 일컬어 '산수(傘壽)'라 한다. '우산이 되어주는 나이'라는 뜻의 말인 듯 싶다. 우선 자식에게 우산이 되어주고, 가족에게도 우산이 되어주고, 나아가서는 국가와 사회에도 '우산'으로 상징되는 어른스런 행동을 요구받는 나이가 아닐까 싶다.

그런데 내가 어느덧 80세가 되었다. '우산'이 될 만한 별스런 일을 한 것도 없이, 오히려 부끄러운 나이가 되고 말았다. 되돌아보니 지나온 세월이 머나먼 강물처럼 아득히 보인다. 마치 고향집 뜰의 잠자리 날개를 떠올리듯, 지나온 이승이 오히려 저승보다 아득하다.

일제 질곡의 시대에 태어나 여덟 살 때 8·15를 맞았고, 이어서 6·25를 겪었으며, 4·19와 5·16, 유신(維新)과 5·18, 민주화 운동과 세기말의 암울, 그리고 IMF의 터널 등을 용케도 견디며 살아왔다. 어쩌면 불운한 시대를 살아온 것만 같다.

불운한 시대의 풍경 속에 살며
"결핍"이 오히려 사람을 만든다는 걸
시(詩)를 만들게 한다는 걸
알았네.

무언가 상실한 것처럼
무언가 어디 두고 온 것처럼
무언가 허허로이 비어 있는 것처럼,

보이지 않는 결핍, 보이지 않는 허기(虛氣)
이런 것들이 소(牛)처럼 미련하게
한 발 늦게 살아온 이유였네.

그러나 이쯤 늙은 나이에
멈춰 서서 생각하느니,

결핍이 내게 오히려 여유를 주었고
파벽(破壁)의 상상력과 깨달음,
맑은 머리와 명상의 시간을 주었네.

아아, 이제 지나가는 것은 지나가는 것
영원한 시간의 흐름 속에
순간의 운석(隕石)처럼
번쩍, 내게 찾아온 상상의 시간,

마치 일몰의 순간을 바라보듯
지나간 어둠의 터널을 회상하는

『몽유록』의 시간을
내게 가져다주었네.

— 서시(序詩)

'서시(序詩)'라며 써본 구절이다. 시가 되고 안 되고는 차치하고라도 돈이 되지도 않는 이런 짓이나 하며 살아온 것이 부끄럽기만 하다.

그러나, 그럼에도 불구하고 아직은 '늙은 소년'처럼 '사무사(思無邪)'의 마음으로 살고 싶고, 죽는 날까지 철없는 이 짓을 되풀이할 것 같다.

어떤 이는 인생살이를 '꿈'으로 산다 했고, 어떤 이는 인생살이를 '소풍'이라 표현한 사람도 있으며, 중국의 어떤 이는 인생살이를 '소요유(逍遙遊)'라고도 했다.

아무튼 이 시집의 제목을 '몽유록(夢遊錄)'이라고 정한 이유도. "꿈인 듯 꿈결인 듯 살다 가는 기록"쯤으로 생각하고 붙여진 제목임을 이해해주시기 바란다.

이 시집의 어느 한 구절이라도 독자들의 가슴속에 피리소리처럼 남아 있기를 기대할 뿐이다.

2017년 가을
송하선

제2부　대나무처럼

제3부 학이 날으는 하늘

제4부 목화꽃 여인

제1부

소소한 행복

여든 무렵의 시편

내 인생의 여든 무렵
릴케의 시 「가을날」을 다시 읽어보네.
과일 한 알이 곱게 물들어가듯
흠결 없는 남은 생애
어떻게 곱게 늙어갈까를 생각하네.

여든 무렵에 다형(茶兄)의 시
「가을의 기도」를 다시 읽어보네
알몸이 된 나무 위의 까마귀처럼
늙은 시간의 절대고독을
어떻게 견딜 수 있을까를 생각하네

아, 내 인생의 가을 무렵
뉘엿뉘엿 떨어지는 일몰을 보며
너무도 아쉬운 지상과의 작별,
어떻게 죽음의 순간
맞이할 것인가를 다시 생각하게 되네.

저 늙은 소(牛)는

밭을 가는 저 늙은 소(牛)는
아마 전생에 성자(聖者)였을 거다.
한평생을 노동으로
스스로를 불사르는 희생으로
묵묵히 묵묵히 이타적(利他的) 삶을 살았던,
아마 전생에 저 소는 성자였을 거다.

이승에 와서도
헛된 사람들에게 그걸 가르치려
골고다 언덕 십자가 짊어진 예수처럼,
마지막 한 점까지 불사르려고
머나먼 도축장으로
묵묵히 묵묵히 걸어갔을 거다.

까치집

까치 부부 한 쌍이 나목의 가지에 앉아
깍깍거리고 있었다.
그들 부부의 깍깍거리는 소리는
이 겨울의 혹한을
"어떻게 견디냐"라는 소리로 들렸다.

때때로 그들 부부는
나목의 가지를 오르락내리락하며
겨울에 살 집을 고치기도 하고
때로는 겨울 양식을 준비라도 하는지
오르락내리락하기도 한다.

그러나 어쩌다가 한 번씩은
부부 곁을 떠난 어린것들이
이 혹한을 어떻게 견디고 있는지,
곰곰이 명상에 잠겨 있는 듯
오랫동안 웅크리고 앉아 있기도 한다.

저 붉은 일몰의 순간처럼

내가 스스스 저세상에 갈 때
저 붉은 일몰의 순간처럼
평온하게, 더없이 평온하게
이승을 하직할 수 있다면,

밤 바닷물이 스스스 잠들듯
더없이 평온하게 잠들 수 있다면,

저 붉은 일몰의 순간처럼
아름답게, 더없이 아름답게
저 하늘이 목화솜처럼 물들듯
더없이 평온하게 스러질 수 있다면,

그리하여 그 어디 내생에서라도
그대와 함께 어느 별나라에
꽃처럼

다시 부활할 수 있다면,

얼마나 아름답고 눈부신 기쁨이랴.
얼마나 황홀한
윤회로서의 만남일 것이랴.

산수(傘壽)

나이 80세를 일컬어 '산수'라 한다.
'우산이 되어주는 나이'라는
뜻이 담긴 말이리라. 드디어
'어른이 되는 나이'라는 뜻이리라.

자식에게 우산이 되어주고
가족에게 우산이 되어주고
나아가서는 국가와 사회에도
우산이 되어주는 나이라는 뜻이리라.

그러나 내가 여든 살에 이르고 보니
세상은 정말 비 오는 날이 많구나.
우산이 되어줄 지혜도 없이
너무도 많은 궂은비가 내리는구나.

하늘에서 내리는 비가 아니라
우리네 가슴속에 내리는 비,

우산이 되어줄 지혜도 없이
어두운 비가 자꾸만 내리는구나.

섬

섬에서 오랜만에 나와
뭍에서 바라보니,

그 섬이 바로
꽃이던 것을 왜 몰랐을까?

소소한 행복

마음에 드는 돌 하나를 주워들고
아내와 함께 집에 돌아온다는 것,
가을날의 산책길에
들꽃 한 송이 풀꽃 한 송이 눈 맞추는 것도
하나의 소소한 행복이다.

오늘 하루의 산책길에서는
세상의 속된 일이나 가난에 대하여
혹은 부자에 대하여, 궁핍에 대하여
말하지 않는다.
그저 자연인의 자격이 되어
맑은 마음이 되어 돌아오는 일이다.

오늘 하루 소소한 행복에 젖는 것은
속된 일에서 벗어나는 일이다.
이쁘게 잘생긴 돌 하나를 주워들고
황혼녘 햇살 받으며
아내와 함께 집에 돌아오는 일이다.

몽유록 (1)

산은 어찌하여
머나먼 바다를 향해 그렇게 연모하고,
바다는 어찌하여
저 짙푸른 산을 향해 그렇게 품으려 하나.
억만 년 동안
그 짓을 되풀이 되풀이 하고 있나.

어찌하여 신(神)은
저 험준한 산을 향해 밤마다 내려오고,
어찌하여 사람은
저 험준한 산을 향해 날마다 오르려 하나.

억만 년 동안
아무리 오르려고 오르려고 해도
아무리 만나려고 만나려고 해도
아직도 우리는 신(神)을 만나지는 못했네.

아무리 품으려고 품으려고 해도
바다는 아직도
밤이 되면 보채기만 하네.

산과 바다, 신과 사람은
억만 년 동안
그 짓을 되풀이 되풀이 하고 있네.

몽유록 (2)

보이는구나, 내 지나온 시간,
이 나라의 그 많은 변곡(變曲)의 시간이
가물가물 보이는구나.
어린 날의 잠자리 날개처럼
격변의 시간이 가물가물 보이는구나.

부끄럽구나, 내 걸어온 시간,
질곡의 시대와 이 나라 격변의 나날
바라만 보며 바라만 보며
무엇인가 저만치 두고
소(牛)처럼 미련하게 걸어온 시간이
부끄럽구나.

어떤 이는 인생을 '소풍'이라 하고
어떤 이는 '소요유'라며 살다 갔지만,
모르겠네
나는 겨우 천명(天命)이나 생각하며

무엇인가 저만치 두고
꿈인 듯 꿈결인 듯 걸어왔을 뿐.

"미안하다 미안하다 미안하다"
이제 아득히 저무는 강물처럼
황혼 무렵이 되어 늙은 소년이 되어
부끄럽구나, 정말 부끄럽기만 하구나.

몽유록 (3)

꽃비가 사르르 사르르 내리네요
어스름한 하산길 산그늘에
저승길에서나 보는 환영(幻影)처럼
꽃비가 사르르 사르르 내리고 있네요.

젊은 날 바라보는 꽃비의 풍경은
그냥 설렘 같은 것이었지만,
늙은 날 바라보는 꽃비의 풍경은
어쩐지 몽환 속에 젖게 하네요.

꿈인 듯 꿈결인 듯 인생은 늙고
때로는 아름다운 낙화를 생각하고,
깊은 산 골짜기를 지나면
하산해야 할 지점을 생각하고,

이제 하산을 하고 나면
'꽃비 내리는 마을'이 보이겠지요.

저무는 황혼길의 꽃비는
야릇한 변주곡의 풍경을 보이네요.

몽유록 (4)

북한 땅에 가면 다짜고짜로
사랑을 고백하고 싶다.
오오랜 기다림 끝에 만나게 되는
견우와 직녀의 전설처럼,

단군 할아버지의 손자와 손녀임을
확인하고 싶다.
얼레빗같이 솟은 달을 보며
남남북녀의 사랑을 고백하고 싶다.

일백 일 동안 햇볕도 안 보고
그 짓을 하고 싶다.
마늘과 쑥만 먹은 곰처럼
사랑놀이로 한 천 년 살고 싶다.

몽유록 (5)

풀꽃들이 슬프게 웃고 있었네.
망월동에는 궂은비 내리고
묘비명엔 이름 없는 풀꽃들의 이름만이
비에 젖어 있었네.

흔히 말하는 저항시인의 이름은
없었네. 지식인의 이름,
명망가들의 이름은
묘비명엔 새겨 있지 않았네.

짓밟히고 짓밟히던 그날
그대 어디서 무엇을 했나, 혹시라도
한 발 비켜서서 있었나.
교활하게 골방에서 눈치 보고 있었나.

폭풍 지나고 번개 지나간 뒤
앞장서서 이름을 남기려던 저항시인,

'저항'이라는 말이 허구였음을
묘비명을 보고서야 알았네.

망월동 묘역에는 궂은비 내리고
눈물인지 빗물인지 이름 없는
풀꽃들의 이름만이 비에 젖어
슬프게 웃고 있었네.

몽유록 (6)

기차는 그날 떠났네. 내 인생의
꿈 같은 꿈결 같은 여행은
그날 시작되었네. 처음부터 무언가
결핍을 안고 상실을 안고 여기까지 왔네.

무언가 잃어버린 것처럼, 무언가
두고 온 것처럼
더러는 쓸쓸하게 더러는 애틋하게
종착역을 향해 가고 있네.

이제는 결코 가볍지만은 않은
황혼의 시간,
지난 시간의 내 사랑과 내 죄업은
과연 무엇인가?

차창에 스쳐 지나가는 풍경들을 보며
떠오르는 얼굴 얼굴 얼굴……

그중에서도 유리창에 와서 아른거리는
종착역까지 함께 가야 할 얼굴,

떠오르네, 안개꽃처럼
내 곁을 스쳐간 꽃들과 함께
단 하나의 꽃이
안개꽃처럼 오버랩되어 아른거리네.

안개꽃

그날의 안개꽃은
하나의
작은 꽃묶음일 뿐이었습니다.

그러나 정말 오오래
한 오십 년쯤
바라보며 바라보며 있노라니,

이 세상엔 온통
안개꽃
한 묶음으로 가득할 뿐입니다.

길

그때, 길은 없었으나
그냥 걸었네.
걷다 보니 길이 되었네.

이제 되돌아갈 수 없는 길
머나먼 강물처럼
저승보다 아득히 보이네.

제2부

대나무처럼

달밤

달밤이 더욱 아름다운 것은
산과 들과 초가지붕 아래
어두운 그림자가 있기 때문이다.

이쯤 늙은 나이에
멈춰 서서 생각느니,

인생이 더욱 아름다운 것은
굽이굽이 생의 길목마다
어두운 터널이 있기 때문이다.

달이 흐르는 강물처럼

달이 흐르는 강물처럼
그대와 함께 흘러갈 수 있다면,
어디 내생에서라도 다시 만나
그대가 달이 되어 흘러갈 수 있다면,

은빛으로 반짝이는 강물
산을 안고 휘돌아 흐르는 것처럼,
달을 안고 은빛 물살 이루며
굽이굽이 휘돌아 흐를 수 있다면,

드디어 은빛 드넓은 바다에 닿아
'눈먼 거북이가 나무토막 만나듯'
바다에서 그대와 다시 만나
은빛 물살 이루며 함께 갈 수 있다면,

안개꽃처럼 물살 저으며
영원의 바다에 닿을 수 있다면,

그대와 함께 안개꽃처럼

영원의 섬나라에 닿을 수 있다면.

집

창문 열고 바라보면
마을의 집들이 평온해 보이지만,
한 걸음만 더 들어가 보면
집집마다 아픔이 하나씩 있네.

창문 열고 바라보면
집집마다 커튼을 드리우고 있지만,
한 가닥만 젖히고 들어가 보면
하나씩의 절망이 자리잡고 있네.

사람들이 저마다 아픔을 감추고
안개처럼 저마다 절망을 감추고
저마다 민낯을 드러내지 않고
집집마다 창문을 가리우고 살지만,

창문 열고 짐짓 들여다보면
우리네 삶의 집과 집들에는

천둥인지 벼락인지

아픔과 절망의 변주곡이 있네.

대나무처럼

'대나무처럼 살거라' 했는데
대나무처럼 살고자 했는데,
곧고 무성하게
자란 대나무는
남보다 먼저 잘린다 하네.

우리네 선인(先人)들이 말한
'곡즉전(曲卽全)'이라는 그 말씀,
휘어져야 할 땐
휘어지는 게 온전하다는
지혜로운 그 말씀을 생각하며,

이 세상 바람이 세차게 불 때
휘어지며 흔들리며
가을날 소슬한 갈대처럼
천명(天命)을 다하여 살고 싶네.

독도별곡

개루왕의 실정과 횡포가 싫어
섬에서 여생을 보낸 도미 부부처럼,

세월이 하수상하고 싫증이 나면
조각배 타고 우리의 섬 독도에나 가리.

개루왕의 횡포에도
지조를 지킨 도미 부부처럼,

나무뿌리 풀뿌리로 연명하며
아내와 함께
독도 그 섬에서 폭삭 삭아버리리.

머나먼 그 집

내 죽으면 스스스 스스스
머나 먼 그 집으로 가고 싶다.

복사꽃 피고 복사꽃 지고
사시사철 꽃비가 내리는 그 마을,
죽어서도 다시 살아난 노인들이
복사꽃처럼
발그레하게 웃음판을 이루며
살고 있을 그 집.

스스스 스스스 물안개 자욱한 저녁
아슴푸레하게 노를 저어 노를 저어
강을 건너면,
어쩌면 아슬아슬 도달할 수도
있을 것 같은
사시사철 꽃비가 내리는 그 마을,

나도 그때에는

죽어서도 다시 살아난 노인이 되어
복사꽃 피고 복사꽃 지는 속에
그대와 함께 바보처럼
가물가물 그 나라에 살고 싶다.

코딱지 풀꽃

아무렇지도 않게 피어났구나
봄이 되자 가장 먼저
영롱한 얼굴로 피어난 코딱지 풀꽃,
겨울을 이겨낸 그 당찬 기개를
코딱지를 버리듯
그냥 꺾어버리지는 말아라.

강변에 들판에 흩어져 피어 있는
연보랏빛 풀꽃 하나하나를
낱낱의 무게로 바라보면,
질곡의 시대 열너댓 살 소녀들의
겨울을 이겨낸 당찬 기개들이
그날의 아픈 얼굴들이
오버랩되어 보이는구나.

영롱하게 피어났지만
질곡의 시대를 견디어낸

그 아픔

불현듯 그들의 탄식이 들리는구나.

양배추 꽃

양배추 꽃 싸늘하게 피어있구나.

무슨 빛깔 무슨 기운이 모이어
저렇게 곱게 꽃피우고 있나.
무슨 바람 무슨 폭풍이 모이어
저렇게 추위와 맞서고 있나.

어찌보면 무녀(巫女)처럼, 어찌 보면
서양 무희(舞姬)처럼
원색의 의상을 입고 있구나.
겨울 눈발 날리는 속에, 겨울을
이겨내야 하는 삶의 무게를 안고
아직은 몸을 추스르고 있구나.

비록 나비가 찾지 않는 꽃일지라도
오히려 꽃보다 더 고운 몸짓
꽃보다

더 고운 치마를 입고
양배추 꽃 싸늘하게 피어 있구나.

부평초

어찌하여 뿌리를 내리지 못하고
물 이랑 위에 이파리 떠다니듯
시간과 시간 사이를
이리저리 옮겨다니고 있는 것이냐.

그대 정착하라 정착하라.
어디든 붙들고 뿌리를 깊게 내리라.
이 넓은 세상
어딘들 뿌리내리지 못하겠느냐.

조금은 더 실패할지라도
그러나 더욱 한 길로 나아가라.
결핍이 사람을 만든다는 걸
굳게 믿어라.

아직 길을 찾지 못하고
방황하고 있는

어둠의 터널을 건너고 있는
그대, 젊은 아르바이트생들아.

흔들리는 꽃 (1)

꽃들은 모두 다 흔들리네.

바람이 불 때만 흔들리는 게
아니라,
비 바람과 눈보라 몰아칠 때만
흔들리는 게 아니라,

죽지 부러진 새처럼
너무나 가벼운 몸짓으로 떨어지는
꽃을 볼 때, 낙화를 볼 때,
정말 하잘것없는
생명의 무게를 생각할 때,

아예 무대에서 사라져버리는
낙화의 존재 의미를 생각할 때
그걸 보며

서서히 늙어갈 때,

꽃들은 모두 다 흔들리네.

흔들리는 꽃 (2)

꽃이 흔들리는 것은
바람 때문만은 아니다.
가녀린 줄기 때문만도 아니다.

눈부신 햇빛과 향 맑은 달빛
그대 더불어
평상심 속에 있어도
한 번씩 그냥 흔들리는 것은,

아직도
해탈하지 못하는
먼 먼 그리움이 있기 때문이다.

흔들리는 꽃 (3)

죽지 부러진 새처럼
유리창 안에
우울하게 갇혀 있을 때,

적막한 시간이
그림자처럼 밀려올 때,

아무렇지도 않던 친구들이
스스스 낙화되어
저세상으로 갈 때,

흔들리네
유리창 안에
죽지 부러진 새처럼.

여름 한낮에

바람은 심심하면
풀잎사귀나 한 번씩
슬그머니
건드리다 가고,

더더욱 심심하면
대숲에나 가서
스스스 스스스
건드리며 지나가네.

내 노년도 바람처럼
스스스 스스스
어쩌다 한 번씩
풀꽃하고나 눈을 맞추고,

그래도 심심하면
대숲의 소리 거문고처럼

들으며
여름 한낮의 고요를
다스리고 있네.

소(牛)와 노인

노인 한 사람이 소를 몰아
밭을 갈고 있었다.
더러는 늙은 소를 회초리로 갈겨대며
사정없이 사정없이 몰고 있었다.

사래 긴 밭머리
눈앞에 펼쳐진 언덕만을 바라보며
늙은 소는 묵묵히 묵묵히
회초리를 맞으며 밭을 갈고...

그때 나는 불현듯
소의 눈에서 성자(聖者)를 보았다.
회초리로 갈겨대는 노인을
아예 탓하지도 않고
묵묵히 묵묵히 맥진(驀進)하는
성자의 눈을 그때 보았다.

그러나 성자의 눈을

아예 알지도 못하는

노인은

아마 전생에 멍청한 소였었나 보다.

노년의 대응법

우리네 세상일, 사람의 일
넌즈시 바라보리라.

섭섭하면 섭섭한 대로
그냥 그렇게,

쓸쓸하면 쓸쓸한 대로
그냥 그렇게,

답답하면 답답한 대로
그냥 그렇게,

미워지면 미워진 대로
그냥 그렇게,

넌즈시 바라보리라,
우리네 세상일, 사람의 일.

제 3부

학이 날으는 하늘

벽(壁)

'내려와라' '내려와라'라고
파도의 말로 외치고 또 외쳐도
아예 메아리조차 없는 벽.

벽 앞에 뿌리박혀 있어
기어오르지도 못하는
겨울풀들의 애타는 수런거림.

오, 벽아!

이승을 건너는 법

항문에서 가장 가까운
다리와 다리 사이에서 태어나,

다리 아래에서
어쩌다 건져진 우리,
항문이 가리키는 곳으로
다시 돌아가나니,

이승에서 살아가는 동안
우리네
몸이나 깨끗이 씻고 돌아가야
하리라.

이 바보야

김수환 추기경이 선종하시기 전에
자신의 자화상을 그려놓고
그 그림의 제목을 '이 바보야'라고 했다.

'바보' 아닌 삶을 산 그가
바보라고 했을 때
정작 바보처럼 살고 있는 우리들은
과연 누구인가, 라는 생각을 했다.

남을 위해 기도하고 남을 위해 헌신하고
남을 위해 빙그레 미소를 짓던,
평화를 위해 마음 가난한 자를 위해
일생을 살다 간 그가 '바보'라면,

과연 우리는 누구인가?

추사의 〈세한도〉를 생각하며

눈보라 몰아치는 겨울 벌판에
꼿꼿하게 서 있는 저 소나무처럼
살아서도 천 년 죽어서도 천 년
결연하게 서 있는 저 비자나무처럼,

이 시대에는 왜 그런 꼿꼿 선비가 없나,
세상에 대하여 인간에 대하여
나라에 대하여 결연한 의지로 말하는
올곧은 선비가 왜 없나?

100명 중에 99명이
'예스'라고 발음하고 있을 때,
그것이 결코 길이 아니라면
'노'라고 발음할 수 있는 그런 사람,

우리 시대가 바라는 꼿꼿한 선비,
자신의 죽음을 각오하고라도

자기 자신을 버릴 수 있는 그런 결기,
그런 선비가 이 시대에는 왜 없나?

『무소유』를 생각하며

법정스님을 찾아뵈러 갔을 때
불일암 토방엔 고무신 한 켤레만
가지런히 놓여 있었네.

잠시 문을 열고 경배하려 했으나
적멸의 세계에 드셨을 것만 같아
그냥 되돌아오고 말았네.

『무소유』등 많은 저서들마저
모두 다 불살라버리라고 하시던
그 말씀을 문득 생각하며,

부질없는 문사(文士)들의 글이
'과연 무엇인가?'라는 생각에 이르자
부끄러운 마음이 되어
그냥 되돌아오고 말았네.

늙어간다는 것은

내 아는 동기생들이나 지인들이
이 세상 떠났다는 소식
늙어갈수록 듣기만 하는 일이다.
세월이 갈수록 시간이 갈수록
외로운 섬으로 남는 일이다.

어제도 누가 세상 떠났다는 소식
오늘도 누가 치매 걸렸다는 소식
자꾸만 듣고 있는 나날이다.
세월이 갈수록 시간이 갈수록
홀로 우두커니 남아서
섬이 되어 앉아 있는 일이다.

학이 날으는 하늘 (1)

저 높은 산 넘어서 가는
흰 구름과도 같이,
저 산마루 돌아서 가는
흰 옷 입은 선비와도 같이,

우리네 세상일 굽이굽이
지켜보는 것처럼,
이 지구촌 소요유하며
둘러보는 것처럼,

선비가 없는 세상에
선비가 되려는 자세로,
죽는 날까지 흰 옷 입은 자세
더럽혀지지 않을 자세로
살리라.
흰 옷 입은 학처럼.

학이 날으는 하늘 (2)

이 지상에서 멋을 부리려거든
흰 옷을 입어보아라.
비행기 트랩에 올라
함석헌 선생처럼 손을 흔들어보아라.
백발 흩날리며 흔들어보아라.

이 세상 그 무슨 옷도
흰 옷을 당할 수 없다는 걸
그때 알리라.

흰 옷을 입고
푸른 하늘 나는 한 마리 학처럼
이 세상 굽이굽이 돌아보아라.
이승 저승을 왕래하는
흰 옷 입은 학처럼
꿈을 꾸듯 꿈을 꾸듯 날아보아라.

곡즉전(曲卽全)

폭풍이 불면 그대 잠시
돌아서 가거라.
폭풍과 맞서려고 하지 말라.

우리네 살아가는 일은
직선이 아니다.
직선으로 돌진하여 가는 게
지혜가 아니다.

그대 돌아서 가라.
폭풍이 지나간 뒤
돌아서 가는 슬기를 배워라.
잠시 휘어질 줄 아는
저 난초에게서 담담히 배워라.

남기고 싶은 유산

책장에 가득히 꽂힌 책들이
내가 남기고 싶은 유산이 될 수는 없지.
이승에 와서 사는 동안
무엇을 했는가 무엇을 남기고 가는가
생각느니,
내 혼이 스며 있는 시집 몇 권
저서 몇 권을
내 유산으로 삼을 수밖에 없네.

자식들에게 유산으로 남겨줄 만한
재산을 모은 것도 없고
이 사회와 이웃들에게 베풀어줄 만한
그 무엇도 한 일이 없이
이제 저승으로 가는 길목에 서서
쓸쓸히 웃으며
남기고 싶은 유산을 생각하며 있네.

초승달

옷깃을 스치고 지나간 그대처럼
머나먼 하늘에서 미소 짓는 초승달.

호수에 배를 띄워도 거기 있고
바닷물이 아른거려도 거기에 있네.

옷깃을 스치고 지나간 그대처럼
즈믄 밤 즈믄 날 미소 짓는 초승달.

머나먼 강물처럼

어떤 시인은
인생을 '소풍'이라 하고
중국의 어떤 이는
'소요유'라고 했다지만,

모르겠네,
질곡의 시대로부터 변곡의 시간들을
돌고 돌아서 온 나의 생애,

맨 처음 길은 없었네.
환상의 집도 없었으나 그냥 살았네.
길도 없고 집도 없었던
그때 그 시간,

꿈인 듯 꿈결인 듯
살아온
그 흔들리던 시간,
머나먼 강물처럼 아득히 보이네.

길 잃은 양 떼

갈 길을 잃은 양 떼들이
소리 소리 내지르며
어두운 도시의 비탈길에 몰려 있네.

이끌어줄 목자(牧者)도 없이
어디론지 나아갈 방향도 없이,
양 떼들은 우왕좌왕
목이 메어 소리 소리 지르고 있네.

마치 '청포 입은 손님'*을
기다리던 그날
질곡의 시대 풍경처럼,

갈 길을 잃은 양 떼들이
이끌어줄 리더도 없이
소통과 화해도 없이,

어두운 회색빛 도시에 몰려
목메이게 소리 소리 지르고 있네.

* 이육사의 시 「청포도」에서 차용한 구절임.

인연

내가 전주의 송천동 집에 살 때
향나무과에 속하는 나무들을
30여 그루 심었었다.
흔히 말하는 '삿갓'을 씌울 정도로
다듬고 다듬어서 가족처럼 함께 살았다.

그런데 그 집을 팔고 K아파트로
이사를 하게 되었다.
가족처럼 산 향나무들이지만
우뚝 제 키로 자란 나무들이어서
거기 놓아둔 채로 이사하게 되었다.

K아파트는 K아파트대로
쾌적하고 환경도 좋았으나
서예를 할 수 있는 서재를 갖기 위해
W파크라는 데로 또다시 이사했다.

그런데 희한한 일은
W파크 경내를 산책하다 보니
내가 '삿갓'을 씌워 가족처럼 살았던
낯익은 향나무 다섯 그루가
거기 따라와
나와 함께 살고 있는 것이었다.

정자나무

바람이 불고 있었다.
고향 마을을 한 백 년 지키고 서 있는
정자나무는
바람에 해일처럼 흔들리고 있었다.

노인 한 사람이
흔들리는 정자나무 아래 서 있었다.
희끗희끗한 머리칼 흩날리며
노인도 해일처럼 흔들리고 있었다.

그 옛날 고향의 정자나무 아래
흔들리며 서 있는 노인 한 사람,
그때, 먼 산 발치에서
갈대꽃들이
희허옇게 손을 흔들어주고 있었다.

제4부

목화꽃 여인

라일락 꽃

라일락 꽃 향기가 은은히 풍길 때
라일락 꽃나무 곁에 서서
꽃향기를 스치듯 맡고 있을 때
그대가 잠시 되돌아오는구나.

두근두근거리던
그날의 기억이 아른아른
되돌아 오는구나.

나는 이제 늙어가고 있는 데
그대는 아직도 젊은 걸음으로
저 멀리서 화안히 웃으며 오는구나.

살아간다는 것이 죽어가는 일일 때
라일락 꽃나무 곁에만 서면
그대가 잠시 젊은 걸음으로
화안히 웃으며 되돌아오는구나.

꿈인 듯 꿈결인 듯

미나리 밭에 아른아른 날던
어린 날의 잠자리 날개처럼
지나온 시간은 가물가물
꿈인 듯 꿈결인 듯 아른아른하여라

텃밭에 묻어두었던 놋그릇 꺼내시며
울음 울던 어머니, 그때가 8·15였지.
풀대죽 둘러앉아 먹을 때
아무 일 없이 부엌에 가시던 어머니
그때가 바로 6·25였지.

데모 대열에 끼었던 4·19
그리고 학보병으로 입대했을 때
혁명 공약 외우라던 점호 시간,
아 아 그날의 무등의 자유
짓밟히고 짓밟히던 날의 기막힌 암울,

8 · 15, 6 · 25, 4 · 19, 5 · 16, 5 · 18
숫자만 나열하면 아른거리는
내 생애의 이 나라의 변곡의 현대사.

미나리 밭에 아른아른 날던
어린 날의 잠자리 날개처럼
지나온 시간들은 가물가물
꿈인 듯 꿈결인 듯 아른아른하여라.

주술을 하듯

주술을 하듯 시로 말하고 싶었다.
시인은 '신과 인간 사이의 존재자'라던
하이데거의 말처럼,
귀신 곡하게 잘 쓰는 언어의 주술사가
되고 싶었다.

잠자던 귀신도 잠시 눈을 뜨게 할 만큼
주문 외우듯 시로 발음을 하고
상처 받은 자 마음 가난한 자의 가슴을
쓸어내려주는 시인,
그런 언어의 주인공이 되고 싶었다.

그러나 나는
그런 언어의 주인공이 될 수는 없다.
어떤 '시무당'의 그늘에 가리워져 있었고,
그 그늘을 벗어나고 싶었으나

그 벽을 넘어서지 못하고 있었다.

뱉으면 시가 되는, 뱉으면 주술이 되는
그런 '시무당'의 방언
영원 속에 존재할 부족의 방언
그것을 탐구하던 나는
결코 그 벽을 넘을 수는 없었다.

죄업(罪業)

내 어렸을 적 할머니는
"저놈의 고양이 한 마리가 세상 구찮게
하는구나, 구럭에 넣어 뒷산 너머
둠벙에 가서 던져나 버려라."

나는 그냥 착하기만 한 소년이어서
할머니의 말씀대로 고양이를 구럭에 넣어
뒷산 너머 둠벙에다 던져버렸습니다.
한참 만에 그 구럭은
물속으로 그냥 가라앉아버렸습니다.

그런데 노년에 이르른 요즈음
그날의 고양이 소리를 듣습니다.
잠자리에 들면 천장에서도 들리고
화장실에 가면 화장실 천장에서도
그 고양이 울음소리가 들립니다.

내 어렸을 적 죄업(罪業)이 너무 커서
여든이 된 지금까지
고양이
울음소리의 환청이 들리고 있습니다.

덕진공원과 노부부

세상에서 가장 아름다운 풍경은
90세쯤의 노부부가
희끗희끗 머리칼 흩날리며
호숫가 벤치에 오래오래
손을 잡고 앉아 있는 풍경입니다.

무엇인가 할 얘기가
머나먼 강물처럼 많은 듯,

갈대처럼 머리칼 흩날리며
조용조용 얘기를 나누며
손을 맞잡고
거울같이 비치는 호숫길을
느릿느릿
돌아서 갈 때의 풍경입니다.

내 홀로 그댈 향해

내 홀로 그댈 향해 걷고 또 걸어도
아직도 제자리에 머물러 있어요.

교교한 달빛 아래 걷고 또 걸어도
아직도 제자리에 머물러 있어요.

꿈꾸듯 밤안개 속에 걷고 또 걸어도
얼레빗 달빛 아래 머물러 있어요.

모교의 교정에 서면

모교의 교정에 서면
내 가슴엔 갑자기 소나기가 내린다.

가슴에 내리는 소나기는
잘못 살아온 내 반생을
매질하며 적셔주며 쓸어내린다.

모교의 교정에 서면
내 가슴엔 갑자기 파도가 일렁인다.

억만 개의 빛과 그늘로 일렁이는 파도는
때늦은 먼 바다를 열어 보이며
잠시 가슴을 뭉클하게 한다.
아 아 산다는 것이 어둡고 씁쓸할 때
불현듯 모교의 교정에 서면,

내 가슴은 갑자기

고요한 호수,

그 호수엔 아른아른 별이 내린다.
그 젊은 어느 날 잃어버린 별이
하나씩 하나씩 유성(流星)이 되어
아른아른 내린다.

과수원과 늙은 소년

복사꽃들이 한바탕
웃음판을 벌이고 있을 때
늙은 소년 한 사람도
그 웃음판 속에 묻혀 있었네.

더없이 평화롭게
복사꽃 속에 그려진 바알간 실금처럼
늙은 소년도 웃어 젖히며
그 영혼마저 불그레한 복사꽃처럼
되어 있었네.

어쩌면 무릉도원에나 살고 있을
늙은 소년의 바알간 웃음
그 웃음판 속에 묻혀 있으면,

더없이 평화로워져서
평화 인자들이 자꾸만 생겨나서

복사꽃 속 실금처럼 웃어 젖히며
무릉도원 속의 늙은 소년처럼
되어가고 있었네.

나목의 시

바람 부는 언덕에 홀로 서서
너는 왜 그 옷을 벗어 던지는가를
너는 왜 그 열매를
바람결에 하염없이 떠나보내는가를,

타고난 몸짓 그대로
바람 속에 눈보라 속에 서 있는가를
여든 무렵 자연인의 자격이 되어
비로소
다시 눈 뜨며 바라보게 되네.

모든 집착을 벗어버리고
열매만은 남기겠다는 욕망을
훌훌 털어버리고
이제 신(神) 앞에 기도하듯 서 있는

너를 보면,

부질없는 욕망
허허로이 털어버려야 된다는 것을,
부질없는 사랑도
하염없이 떠나보내야 된다는 것을.

일본 동초옥 폭포를 보며

그것은 마치 면사포를 늘어뜨린
신부처럼,
천 길 바위를 억만 년 동안
어루만지며 어루만지며 있는 거라.

그것이 허망한 꿈인 줄 알면서도
천 길 바위 억센 가슴팍을
억만 년 동안
지극한 그리움의 손길로 어루만지면,

드디어 천 길 바위는
사람으로 환생할 수밖에 없는 거라.
불끈불끈 힘이 솟는 억센 사내로
바위는 드디어
사람으로 환생할 수밖에 없는 거라.

그걸 몰라

나무로 깎아 만든 부처를 향해
어쩌자고 삼천 배 절을 하는 지
그걸 몰라.

쇠붙이로 달궈 만든 십자가를 향해
어쩌자고 기도하며 절을 하는지
그걸 몰라.

'구원'이라는 말, '치유'라는 말
'상징'이라는 말들이 생각나지만,

그대, 나무나 쇠붙이에 절하지 말고
사람을 향해 기도하고 절하면
어떠랴.

사람이 바로 부처이고 예수이리니
사람을 향해 기도하고 절하면
어떠랴.

자화상

한 발 늦게 사는 사람
그게 바로 나일세.
세상살이 눈치나 보며
살지 않고
누구에게 살살거리지 않고,

소(牛)처럼 조금은 미련스럽게
세상을 보는 그런 사람,
묵묵히 묵묵히 도저(到底)하게
영원을 생각하는 그런 사람,

그러나 변덕 부리지 않고
학처럼 깨끗하게 살고 싶은
그런 사람,
한번 사귀면
끝까지 버리지 않고,

끝까지 믿는 그런 사람,

항심(恒心)을 지니고 있는 그런 사람
그러나 현실살이에 둔감한
조금은 미련한
한 발 늦게 사는 그런 사람.

목화꽃 여인

그대는 목화꽃처럼
조선 여인으로 피어나거라.

장미꽃처럼 짙게
웃으며 피어나지 말고
철쭉꽃처럼 흐드러지게
피어나지도 말고
종달새처럼 지지배배거리지 말고
소낙비처럼 성급하게 굴지도 말고,

맑고도 맑은 가을 하늘
그 푸르른 하늘 아래
붉고도 희게 피어난 목화꽃,

아아 그대는
조선 여인의 아름다움으로
다소곳이 다소곳이 피어나거라.

저만치 거리를 두고

산을 아름답게 보려거든
저만치 거리를 두고 바라보라.
사람도 아름답게 보려거든
저만치 거리를 두고 바라보라.

산속 깊이깊이 들여다보면
살생과 약탈, 반항과 분노
약육강식의 속살이 보이나니,

사람 속 깊이깊이 들여다보면
모함과 증오, 가식과 허위
환멸스런 속살이 보이나니.

너무 가까이 다가서지 말라.
너무 멀리 도망치지 말라.
적당한 거리를 두고 바라보아야
그대 아름다움이
그대로 아름답게 보이리라.

이름도 알 수 없는 풀꽃

이름도 알 수 없는 풀꽃이
웃음으로 세상을 밝히려 하네,

가난한 잡초 속에 묻혀 있지만
그러나 넉넉한 웃음으로,

가장 낮은 언덕 아래 피어 있지만
그러나 해맑은 웃음으로,

이름도 알 수 없는 풀꽃이
부처의 말씀을
웃음으로 밝게 전하려 하네.

여든 무렵 자유인이 영원을 노래하다

— 송하선의 문학과 인간

전 정 구

여든 무렵 자유인이 영원을 노래하다
— 송하선의 문학과 인간

1.

고희(古稀)를 10여 년 넘기다 보면 지나온 삶이 꿈속을 거닌 듯 아련하다. 시집 제목이 『몽유록(夢遊錄)』인 까닭이다. 송하선 시인이 여든 무렵의 시편들을 엮어 시집을 발간한다. 한 몸 거천하기도 어려운 나이에 시를 쓰고 그것들을 모아 '산수 기념 시집(傘壽記念詩集)'을 낸다는 일이 보통 사람으로 쉽지 않다.

"우산이 되어줄 지혜도 없"(「산수(傘壽)」)다고 시인 스스로 고백하고 있지만, 『몽유록』의 시편들을 관통하는 시심의 깊이나 그 속에 담긴 관조적인 삶의 자세를 헤아려볼 때 그렇지 않다. 그것은 겸양(謙讓)의 언사일 뿐이다. 릴케의 「가을날」을 읽으며 곱게 물들어가는 한 알의 과일처럼 '흠결 없는 남은 생애/어떻게 곱게 늙어갈까' (「여든 무렵의 시편」)를 고민하는 대목이 그러한 예이다. 「여든 무렵의 시편」에서 노시인은 자신의 생을 아름답게 장식하려는 고아(高雅)한 '천명(天命)의 몸짓'을 보여준다.

   2.

   남은 생을 아름답게 가꾸려는 의식의 밑바닥에는 '노년의 고독'이 자리 잡고 있다. 한 인간의 심연에 가로놓인 그 고독을 스스로 견디는 일이 간단치는 않다. 그것이 '견고한 고독의 시인' 김현승의 「가을의 기도」를 송하선이 다시 읽는 이유이다.

      내 인생의 여든 무렵
      릴케의 시 「가을날」을 다시 읽어보네.
      과일 한 알이 곱게 물들어가듯
      흠결 없는 남은 생애
      어떻게 곱게 늙어갈까를 생각하네.

      여든 무렵에 다형(茶兄)의 시
      「가을의 기도」를 다시 읽어보네

알몸이 된 나무 위의 까마귀처럼
늙은 시간의 절대고독을
어떻게 견딜 수 있을까를 생각하네.

아, 내 인생의 가을 무렵
뉘엿뉘엿 떨어지는 일몰을 보며
너무도 아쉬운 지상과의 작별,
어떻게 죽음의 순간
맞이할 것인가를 다시 생각하게 되네.

　　　　　　　　　　　—「여든 무렵의 시편」

　죽음과의 대면이 '나이와 직접 관계' 되어 있는 것은 아니다. 그러나 생의 종점을 서성거리는 여든 무렵이 되면 그것은 일상사에서 자주 숙고의 대상이 된다. 석양에 지는 해를 보며 젊음의 뒤안길을 반추할 때마다 지상과의 아쉬운 작별을 고해야 하는 마지막 시간을 생각하게 되는 것은 당연하다. '죽음을 어떻게 맞이할 것인가'에 대한 답을 찾는 것이 노년 세대에게 부여된 과제이다. 송하선 시인에게 당면한 문제도 '노년과 죽음'이다. 바람직한 죽음은 훌륭한 생의 뒷받침이 없으면 불가능하다. 어떤 삶이 훌륭한가. 시인은 벌거벗은 겨울나무를 보면서 그 답을 찾아낸다.

바람 부는 언덕에 홀로 서서
너는 왜 그 옷을 벗어 던지는가를
너는 왜 그 열매를
바람결에 하염없이 떠나보내는가를,

타고난 몸짓 그대로
바람 속에 눈보라 속에 서 있는가를
여든 무렵 자연인의 자격이 되어
비로소
다시 눈 뜨며 바라보게 되네.

모든 집착을 벗어버리고
열매만은 남기겠다는 욕망을
훌훌 털어버리고
이제 신(神) 앞에 기도하듯 서 있는
너를 보면,

부질없는 욕망
허허로이 털어버려야 된다는 것을,
부질없는 사랑도
하염없이 떠나보내야 된다는 것을.

—「나목의 시」

'갈 봄 여름 없이' '천둥과 먹구름' 속에서 맺은 열매와 무
성했던 잎들을 바람결에 하나씩 떠나보내는 나무의 모습은

111

천명(天命)의 몸짓과 다르지 않다. 자연 관찰을 통해 얻어낸 시인의 혜안(慧眼)이 여기서 빛을 발한다. 나무처럼 인간도 갈 때가 되면 모든 집착을 떨쳐버리고 부질없는 욕망과 사랑과 '그 사랑의 열매' 마저도 바람에 날려버려야 한다.

소재―사물과 인간의 삶을 '어떻게 접목하느냐'의 문제는 작품성을 보장하는 관건이다. 겨울나무를 관찰하면서 송하선 시인은 생의 집착에서 벗어나 '부질없는 욕망'을 허허로이 털어 버리고 자유인이 되어야 한다는 메시지를 우리에게 전한다. 젊은 시절부터 시인은 그러한 자유인을 꿈꾸면서 '불유구(不踰矩)의 경지'에 이르는 삶을 동경해왔다. 천이두가 「중용적 관조의 시학」에서 지적한 '순명(順命)'의 삶이 그것이다.

전생에 성자(聖者)였던 늙은 소의 모습처럼 그는 묵묵히 우보(牛步)의 삶을 여든 무렵까지 일관(一貫)하고 있다. 유가적 질서의 가지런함과 꼿꼿함을 몸에 익힌 가풍(家風)의 영향도 그의 삶에 작용했을 것이다.

> 밭을 가는 저 늙은 소(牛)는
> 아마 전생에 성자(聖者)였을 거다.
> 한평생을 노동으로
> 스스로를 불사르는 희생으로
> 묵묵히 묵묵히 이타적(利他的) 삶을 살았던

아마 전생에 저 소는 성자였을 거다.

이승에 와서도
헛된 사람들에게 그걸 가르치려
골고다 언덕 십자가 짊어진 예수처럼,
마지막 한 점까지 불사르려고
머나먼 도축장으로
묵묵히 묵묵히 걸어갔을 거다.

—「저 늙은 소(牛)는」

한평생 노동으로 자신을 희생하고 마지막 순간까지 스스로를 바쳐 이타적(利他的) 삶의 전형이 되었던 늙은 소는, 인류의 죄를 짊어지고 골고다 언덕에서 십자가에 못 박힌 예수의 숭고한 생애를 떠올리게 한다. 시인이 소를 성자에 비유한 이유가 여기에 있다. '마지막 한 점' 살마저 인간에게 보시하고 이생을 하직하는 소의 이미지가 여러 모습으로 변용되어 송하선 시에서 자주 등장한다. 그것은 마치 그의 또 다른 분신─자화상처럼 그의 시편들에 각인되어 있다.

한 발 늦게 사는 사람
그게 바로 나일세.
세상살이 눈치나 보며
살지 않고

누구에게 살살거리지 않고,

소(牛)처럼 조금은 미련스럽게
세상을 보는 그런 사람,
묵묵히 묵묵히 도저(到底)하게
영원을 생각하는 그런 사람,

그러나 변덕 부리지 않고
학처럼 깨끗하게 살고 싶은
그런 사람,
한번 사귀면
끝까지 버리지 않고
끝까지 믿는 그런 사람,

항심(恒心)을 지니고 있는 그런 사람
그러나 현실살이에 둔감한
조금은 미련한
한 발 늦게 사는 그런 사람.

—「자화상」

　이 작품에서 시인은 스스로의 모습을 언어로 형상화하고
있다. 소처럼 조금은 미련스럽게 세상을 보는 그런 사람이 송
하선이다. 그러나 그는 "도저(到底)하게/영원을 생각하는 그런

사람"이다. '영원을 생각하는' 이 구절에서 우리는 송하선의 두 스승 중 하나인 미당 서정주의 문학적 생애를 떠올려볼 수 있다.

영원한 떠돌이 '80 소년' 을 사모했던 송하선은 '끝까지 버리지 않고' 미당의 굴욕적 생애를 '위대한 시의 무당' 으로 재탄생시켰다. 미당이 보여준 애정에 대한 보답을 잊지 않고 출판한 역저 『연꽃 만나고 가는 바람같이 ─ 미당 평전』(2008)이 그것이다. 한의 지혜로운 극복의 결과인 영생주의와 '곡즉전' 의 굽을 줄 아는 풍류를 그는 서정주의 「상리 과원」과 「내영원은」에서 확인한다. 뿐만 아니라 송하선은 "돌아서 가거라/……/우리네 살아가는 일은/직선이 아니다/……/그대 돌아서 가라/……/돌아서 가는 슬기를 배워라/잠시 휘어질 줄 아는/저 난초에게서 담담히"(「곡즉전(曲卽全)」) 배우라고 '그윽한 정서가 깃든 언어' 로 자신의 시에서 표현하기도 했다. 그리하여 그는 미당의 시편들이 '보배로운 우리의 정신문화 유산' 임을 밝혀냈다.

떠돌이 자유인의 정신적 산책은 삶의 현실을 무시한 정신주의라는 비난의 여지가 있다. 그러나 이것은 곡해(曲解)이다. 곡즉전의 현실 대응적 슬기를 간과해서는 안 된다. 노년의 지혜로 통찰한 '곡즉전' 의 논리로 송하선은 미당 서정주의 문학을 구원했다. 뿐만 아니라 미당 사후(死後) 세파(世波)의 조변

석개(朝變夕改)한 비난을 몸으로 막아내며 '영원을 추구했던'
그의 시심을 자신의 시문학으로 승화시켰다.

주술을 하듯 시로 말하고 싶었다.
시인은 '신과 인간 사이의 존재자'라던
하이데거의 말처럼,
귀신 곡하게 잘 쓰는 언어의 주술사가
되고 싶었다.

잠자던 귀신도 잠시 눈을 뜨게 할 만큼
주문 외우듯 시로 발음을 하고
상처 받은 자 마음 가난한 자의 가슴을
쓸어내려주는 시인,
그런 언어의 주인공이 되고 싶었다.

그러나 나는
그런 언어의 주인공이 될 수는 없다.
어떤 '시무당'의 그늘에 가리워져 있었고,
그 그늘을 벗어나고 싶었으나
그 벽을 넘어서지 못하고 있었다.

뱉으면 시가 되는, 뱉으면 주술이 되는
그런 '시무당'의 방언
영원 속에 존재할 부족의 방언

그것을 탐구하던 나는
결코 그 벽을 넘을 수는 없었다.

—「주술을 하듯」

세상사가 그렇듯이, 간절하게 구하면 찾아지고 두드리면 문은 마침내 열린다. 인간의 생활 세계에 뿌리박고 있는 문학도 그렇다. '시무당'의 그늘에 가려져 있던 그가 '그 무당이 하늘로부터 부여받은 자연스런 그 몸짓을 닮아가는' 새로운 무당이 된 것이다. 그의 작품이 그것을 증명하고 있다. 그러나 그 몸짓 — 언어 구사와 가락은 스승과 다른 그 자신의 가락과 언어 구사 — 몸짓으로 바뀌면서 송하선 스타일의 문학적 개성을 보여준다.

보이는구나, 내 지나온 시간,
이 나라의 그 많은 변곡(變曲)의 시간이
가물가물 보이는구나.
어린 날의 잠자리 날개처럼
격변의 시간이 가물가물 보이는구나.

부끄럽구나, 내 걸어온 시간,
질곡의 시대와 이 나라 격변의 나날
바라만 보며 바라만 보며
무엇인가 저만치 두고

소(牛)처럼 미련하게 걸어온 시간이
부끄럽구나.

어떤 이는 인생을 '소풍'이라 하고
어떤 이는 '소요유'라며 살다 갔지만,
모르겠네
나는 겨우 천명(天命)이나 생각하며
무엇인가 저만치 두고
꿈인 듯 꿈결인 듯 걸어왔을 뿐.

"미안하다 미안하다 미안하다"
이제 아득히 저무는 강물처럼
황혼 무렵이 되어 늙은 소년이 되어
부끄럽구나, 정말 부끄럽기만 하구나

—「몽유록 (2)」

　　이 작품에는 늙은 떠돌이 서정주 시인의 모습이 오버랩되어 있다. 그렇지만 유학자적 선비 스타일의 개성과 호흡에서 송하선은 서정주와 기질적(氣質的)인 차이를 보여주고 있다. "보이는구나, 내 지나온 시간,/이 나라의 그 많은 변곡(變曲)의 시간이/가물가물 보이는구나"와 "麝香 薄荷의 뒤안길이다./아름다운 베암……"(서정주, 「花蛇」)은 유사하면서도 다른 느낌으로 다가온다. 특히 두 시인의 작품 상당수에서 반복법이

빈번하게 등장한다는 공통점에도 불구하고 리듬과 호흡의 스타일은 각기 다르다.

"푸르게만 푸르게만……/부끄러운 열매처럼 부끄러운"(서정주, 「瓦家의 傳說」)과 "미안하다 미안하다 미안하다/이제 아득히 저무는 강물처럼"(「몽유록 (2)」)을 대비해도 마찬가지이다. "石油 먹은 듯…… 石油 먹은 듯…… 가쁜 숨결이야"(서정주, 「花蛇」)나 "가시내두 가시내두 가시내두……/즘생스런 우슴은 달드라 달드라"(서정주, 「입마춤」)나 "눈물이 나서 눈물이 나서"(서정주, 「가시내」)를 "묵묵히 묵묵히 걸어갔을 거다"(「저 늙은 소(牛)는」)나 "부끄럽구나, 정말 부끄럽기만 하구나"(「몽유록 (2)」)와 비교해도 동일한 결론에 이른다. 불필요한 듯하면서도 없어서는 안 될, 이 두 시인의 반복어의 사용은 시문학 이론으로 설명할 수 없는 리듬과 호흡과 자신의 문학적 스타일을 구현하는 개성적 효과를 창출해낸다.

이 모든 작품상의 스타일-기질이 미당의 생애와 송하선의 그것을 대변한다. 혹자는 두 시인의 시대 현실이 다르다는 사실로 이의를 제기할지 모른다. 그러나 그렇지 않다. 송하선도 "질곡의 시대로부터 변곡의 시간들을/돌고 돌아서" 왔다. "길도 없고 집도 없었던/그때 그 시간"(「머나먼 강물처럼」) '그 흔들리던 시간' 들을 그는 "이끌어줄 목자(牧者)도 없이/어디론지 나아갈 방향도 없이"(「길 잃은 양 떼」) '길 잃은 양 떼' 처럼 방황했다.

"데모 대열에 끼었던 4 · 19/그리고 학보병으로 입대했을 때/혁명 공약 외우라던 점호 시간,/아아 그날의 무등의 자유/짓밟히고 짓밟히던 날의 기막힌 암울"(「꿈인 듯 꿈결인 듯」)을 소처럼 되새김질하며 그는 침묵으로 견뎌왔다. "8 · 15, 6 · 25, 4 · 19, 5 · 16, 5 · 18/숫자만 나열하면 아른거리는"(「꿈인 듯 꿈결인 듯」) 그의 생애에서 '텃밭에 묻어둔 놋그릇 꺼내시며 울던 어머니의 모습'이 아른거리던 시기는 해방기였다. 그 어머니와 둘러앉아 '풀대죽 끓여먹던 그 시절'은 동족상잔의 비극이 벌어졌었다. 단순히 나열된 그 숫자들은 송하선 시인이 '머리로 상상하는 관념의 역사가 아닌, 몸으로 겪은 고난의 실제 역사'였다.

3.

"담담(淡淡)한 속에 터전을 두고" 있는 송하선의 시편들은 "한국 선비의 담담한 걸음 그것이다."(이동주, 「학발대가(鶴髮大家)가 되기를」) "묵향(墨香)이 짙은 가문에서 태어나 글자 한 획 흐트러뜨리지 않는 절도(節度)를 배우고" "선비의 굳은 심성"을 익힌 "곧은 품성"(홍석영, 「외로운 영혼의 편력(遍歷)」)이 송하선 시심(詩心)의 밑바탕을 이루고 있다. 그 시심을 익히며 그는 팔십 노령(老齡)에 이르렀다.

늙는다는 것은 '외로운 섬'으로 남는 일이다. "세월이 갈수록 시간이 갈수록/홀로 우두커니 남아서/섬"(「늙어간다는 것은」)이 된 시인은 무심히 석양의 해를 바라본다. 우두커니 앉아서 '평온하게, 더없이 평온하게' 외딴섬처럼 붉은 일몰을 온몸으로 영접한다.

> 내가 스스스 저세상에 갈 때
> 저 붉은 일몰의 순간처럼
> 평온하게, 더없이 평온하게
> 이승을 하직할 수 있다면,
>
> 밤 바닷물이 스스스 잠들듯
> 더없이 평온하게 잠들 수 있다면,
>
> 저 붉은 일몰의 순간처럼
> 아름답게, 더없이 아름답게
> 저 하늘이 목화솜처럼 물들듯
> 더없이 평온하게 스러질 수 있다면,
>
> 그리하여 그 어디 내생에서라도
> 그대와 함께 어느 별나라에
> 꽃처럼

다시 부활할 수 있다면,

얼마나 아름답고 눈부신 기쁨이랴.
얼마나 황홀한
윤회로서의 만남일 것이랴.
—「저 붉은 일몰의 순간처럼」

붉은 일몰의 순간처럼, 잦아드는 밤 바닷물처럼, 하늘의 목화솜 구름처럼 더없이 평온하게 스러지면 그것이 다시 아름답고 눈부신 부활을 기약하는 것이다. 어느 별나라에서 꽃처럼 부활하는 것이 황홀한 만남이고 윤회이다. 마지막 순간의 아름다운 삶을 그려보는 그 마음속에 스스로 젖어들면서 시인은 우두커니 앉아 섬이 되어 날마다 소소한 행복을 찾는다. 가을 산책길에 들꽃 한 송이와 눈 맞추는 그것도 그가 누리는 한순간의 작은 기쁨이다.

마음에 드는 돌 하나를 주워들고
아내와 함께 집에 돌아온다는 것,
가을날의 산책길에
들꽃 한 송이 풀꽃 한 송이 눈 맞추는 것도
하나의 소소한 행복이다.

오늘 하루의 산책길에서는

세상의 속된 일이나 가난에 대하여
혹은 부자에 대하여, 궁핍에 대하여
말하지 않는다.
그저 자연인의 자격이 되어
맑은 마음이 되어 돌아오는 일이다.

오늘 하루 소소한 행복에 젖는 것은
속된 일에서 벗어나는 일이다.
이쁘게 잘생긴 돌 하나를 주워들고
황혼녘 햇살 받으며
아내와 함께 집에 돌아오는 일이다.

—「소소한 행복」

　　자연과 더불어 소소한 행복에 젖어 소요유하는 시인도, '결
핍을 안고 상실을 안고' 짧지 않은 여든 살을 꼿꼿이 견뎌왔
다. "무언가 잊어버린 것처럼, 무언가/두고 온 것처럼/더러는
쓸쓸하게 더러는 애틋하게"(「몽유록 (6)」) 그는 묵묵히 운명이
부여한 생의 '종착역'을 향해 소의 보법(步法)으로 가고 있다.
"잔잔하면서도 도저(到底)한 형이상학(形而上學)들과 거기 맞추
기에 무척 애쓴 흔적이 역연(歷然)한 우리말의 미학(美學)"(서정
주, 「시의 영생(永生)이 두터웁게 더 두터웁게 되어 가기만을」)
을 그의 시에 펼쳐놓으며, 송하선은 우보(牛步)의 걸음을 멈추
지 않고 있다. 그러나 그는 "결코 가볍지만은 않은/황혼의 시

123

간"에 과거의 "내 사랑과 내 죄업은/과연 무엇인가?"(「몽유록
(6)」) 자문하며 달이 흐르는 강물처럼 내생에서 다시 만날 그
대를 기약하는 노년의 희망을 놓아버리지 않았다.

> 달이 흐르는 강물처럼
> 그대와 함께 흘러갈 수 있다면,
> 어디 내생에서라도 다시 만나
> 그대가 달이 되어 흘러갈 수 있다면,
>
> 은빛으로 반짝이는 강물
> 산을 안고 휘돌아 흐르는 것처럼,
> 달을 안고 은빛 물살 이루며
> 굽이굽이 휘돌아 흐를 수 있다면,
>
> 드디어 은빛 드넓은 바다에 닿아
> '눈먼 거북이가 나무토막 만나듯'
> 바다에서 그대와 다시 만나
> 은빛 물살 이루며 함께 갈 수 있다면,
>
> 안개꽃처럼 물살 저으며
> 영원의 바다에 닿을 수 있다면,
> 그대와 함께 안개꽃처럼
> 영원의 섬나라에 닿을 수 있다면,
>
> ― 「달이 흐르는 강물처럼」

달이 흐르는 강물처럼 멈추지 않고 유유히 흐르는 노시인의 삶이 아름답다. 강의 물살처럼 송하선은 자연의 흐름을 삶의 리듬으로 받아들인 듯하다. 그가 동경하던 자유인의 삶을 누리며 그의 발자국이 닿는 그곳이 길이 되어 후학의 걸음걸이를 순조롭게 만든다. 이것 또한 노년의 삶을 이타적(利他的) 생으로 이끄는 '우보(牛步)'의 지혜이다. "자연과 삶과 죽음을 통합적으로 인식하는 현자(賢者)의 세계에 이르러 있음"(홍기삼, 「현자(賢者)의 세계에 이르러」)을 「달이 흐르는 강물처럼」이 다시 한 번 일깨워준다.

소의 걸음에 비유되는 그의 삶을 오해해서는 안 된다. 그것은 일이관지(一以貫之)한 성실한 선비적 보행(步行)을 지시한다. 바른 걸음으로 앞만 보며 '미의 진실을 찾아가는 길'을 밝히기 위해 두 스승 중 하나인 석정(夕汀)이 전해준 '서정의 등불'을 그는 꺼치지 않았다. 자신을 성찰하며 생의 진실을 묵상하는 고독한 순례자의 삶은, 그의 스승 석정의 예술적 발걸음과 보조(步調)를 같이했다.

「젊은 시인에게 보내는 편지」에서 '시문학에 종사하는 것은 인생을 충실하게 살자는 데' 그 목표를 두어야 한다고 석정은 말했다. 생활 태도가 그 시인의 작품을 결정하는 바로미터이다. 생활에의 결의와 그 실천이 바탕이 된 시 정신의 근간은 신념에 있다. 그 신념은 지조로 통한다는 스승의 예술관

(藝術觀)을 송하선은 시작(詩作)에서 한 치의 어긋남 없이 실천해왔다. 절대 서정의 미를 찾아 순례한 기록들이 『몽유록』의 여기저기서 별빛처럼 반짝이는 까닭이 여기에 있다. 난삽하지 않고 정갈한 서정미가 단순하고 소박한 그의 시에 넘쳐 난다. 그 속에 놀라운 삶의 지혜가 녹아 있다.

'창문 열고 바라보면' 주위의 집들이 평온해 보인다. 그러나 "한 걸음만 더 들어가 보면/집집마다 아픔이 하나씩" 있다. "집집마다 커튼을 드리우고 있지만,/한 가닥만 젖히고 들어가 보면/하나씩의 절망이 자리"(「집」) 잡고 있다. 나만 아프고 불행하거나 너만 행복하고 건강한 것이 아니다. 인생사 모두 비슷비슷하다. 이 땅의 절망스런 청춘들과 중년들은, '시인이 말한 그대로가 우리들의 참 인생이 아닌가' 곰곰이 되새겨볼 일이다.

"산과 들과 초가지붕 아래/어두운 그림자"가 있기 때문에 '달밤이 아름다운 것' 이다. 시인 나이에 '멈춰 서서' 생각하면, "인생이 더욱 아름다운 것은/굽이굽이 생의 길목마다/어두운 터널"(「달밤」)이 있기 때문이다. 코딱지 풀꽃은 냉혹한 겨울의 추위를 "당찬 기개"(「코딱지 풀꽃」)로 이겨냈기에, '영롱한 얼굴' 로 봄에 피어날 수 있는 것이다. "겨울 눈발 날리는 속"에서 그 눈발을 "이겨내야 하는 삶의 무게"를 안았기 때문에 양배추는 "꽃보다/더 고운 치마를 입고"(「양배추 꽃」) 그

126

모습을 드러낸 것이다. 삶의 무게를 견뎌내고 생의 길목에 가로놓인 어둠의 터널을 이겨내는 삶의 지혜는 특정 세대의 생에 국한되는 것은 아니다.

송하선의 시에는 청년 세대와 중년 세대 모두가 가슴 깊이 새겨야 할 교훈으로서의 '생철학'이 펼쳐져 있다. "어둠의 터널을 건너고 있는/그대, 젊은 아르바이트생들아" "조금은 더 실패할지라도/그러나 더욱 한 길로 나아가라./결핍이 사람을 만든다는 걸/굳게"(「부평초」) 믿어라. 형체도 없고 무늬도 없는 인간 생활의 희로애락이 허허로운 가락으로 그의 시편에 펼쳐져 있다. 그 가락 속에 "안개보다도 노을보다도"(「안개보다도 노을보다도」) 아름답고 향기로운 삶의 진리가 밤하늘의 별처럼 포진해 있다.

물욕을 경계하며 마음을 비우는 그 순간 텅 빈 시인의 마음에서 신성(神性)이 깃든 시 무당의 언어가 춤을 춘다. 석정과 미당이 못다 풀어 쓴 서정 미학이 자리 잡은 『몽유록』은, 다양한 삶의 실경(實景)을 음미하고 감상할 수 있는 기회를 우리에게 제공하는 데 부족함이 없다.

4.

시인으로 교육자로 '멍에'를 짊어지고 공적 인생을 마감하는 소회를『송하선 문학앨범』(푸른사상사, 2004)에서 시인 스스로 피력했다. 멍에를 짊어진 '소(牛)의 보법(步法)'으로 그는 변함없이 '산수를 맞이한 오늘' 까지 살아왔다. 「四壁頌」의 시인 변영로처럼 그는 세상의 풍파에 휘둘리지 않으며 자신의 길을 개척해왔다. 그런 그가 정년 이후 자연과 더불어 담담하고 허허롭게 생을 관조하는 시집 한 권을 묶어낸다.

꿈속을 노니는『몽유록』에는 가필(加筆)된 이전의 작품들이 배치되어 있다. 이것은 시인 자신의 시적 도정(道程)을 종합하려는 의지가 반영된 것이 아닌가 생각된다. 반신수덕(反身修德)의 자세로 일이관지(一以貫之)하려는 항심(恒心)에서 비롯된 것일 수도 있으며, 그 항심의 이면에는 자신의 시세계의 일관성을 독자에게 재확인시키려는 간절함도 작용했을 것이다. '허기진 존재' 로서 채울 길 없는 절대고독의 그 허기를 달래기 위해 젊은 시절부터 '꽃비 내리는 마을' 을 찾아가는 한 마리 나비의 모습이 이번 시집에서도 확인된다는 점에서 그렇다.

시집 제목에 암시되었듯이, 몽유(夢遊) 속에서 시인은 '미의 절정' 을 향해 힘찬 발걸음을 내딛고 있다. 이것이 절대적인 미의 세계에서 소요유하려는 마음가짐을 버리지 않았다는 증거이다. 예술의 세계에서 늙음은 문제가 되지 않는다. 막다른 길에 이르면 또다시 길이 있다. 남명 조식의 "유시궁도환유로

㈜是窮途還有路)"(「山中卽事」)"가 그것이다. 나비가 되어 꿈속을 헤매며 꽃비 내리는 마을로 가는 '또 다른' 그의 예술적 행로가 망백(望百)까지 이어질 것이다. 그리하여 '미당과 석정의 예술 정신'이 밑바탕을 이룬 그의 서정적 언어와 조우(遭遇)할 수 있는 기회가 우리에게 주어지기를 바란다.

전정구 (문학평론가 · 전북대 명예교수)

송하선 연보

1943~1956	조부 유재(裕齋) 송기면 선생으로부터 한문과 서예 지도받음
1954~1957	남성고등학교 졸업
1957~1963	전북대학교 문리과대학 국어국문학과 졸업, 중등학교 2급 정교사 자격 취득
1961~1963	학보병으로 군 복무
1958~1961	신영토(新領土) 문학 동인
1958~	『전북대신문』 문예현상모집에 시부 입선(辛夕汀 選)
1963~	『전북일보』 신춘문예 현상모집에 시부 입선(辛夕汀 選)
1964~1971	원광여자고등학교 국어교사
1966~1967	시 동인지 『南風』 편집인(同人 : 박항식, 조두현, 이병기, 송하선, 이광웅, 유근조, 채규판, 정양 등)
1967~	한국언어문학회 회원
1970. 8.15.	내무부장관 표창장
1970.11.20	제1시집 『다시 長江처럼』(금강출판사) 출간
1971. 5.20.	한국문인협회 회원

1971~1979	남성고등학교 교사
	중등학교 1급 정교사 자격증 취득
1972~1979	한국문인협회이리지부장
1972~	한국현대시인협회 회원
1973~	가족시서화전 개최
	(글씨 : 剛菴 宋成鏞, 我山 宋河英, 友山 宋河璟)
	(그림 : 碧川 羅相沐, 碧河 宋桂一, 시 : 未山 宋河璇)
1974~1977	고려대학교 교육대학원 졸업
1975~	제2시집『겨울풀』(창원사) 출간
1976~	『국어완전학습자료집』(한국능력개발사) (전6권 한자집필)
1977~	전라북도 문화상(문학부문) 수상
1978~	저서『詩人과 眞實』(금화출판사) 출간
1979~1980.6.30	전북대학교 강사
1979~	제4차 세계시인대회 참가
1980. 6. 1	전주우석대학 국어국문학과 전임강사
1981.11. 20	저서『韓國現代詩 理解』(금화출판사) 출간
1981.11.20	전북대상(학술상) 수상
1981. 3.10	국어국문학회 회원
1981.10.25.~10.10	새마을교육(사회지도자반) 연수
1982.3.1~1986.2.28	전주우석대학 도서관장
1982. 2.20	전주우석대학 재무위원

▼ 1982. 5.18　　　제1회 대한민국 미술대전(서예부문) 입선

▼ 1982.6.30~1984.2.28　　전주우석대학 학도호국단 지도위원

▼ 1982.10.1~1986.9.30　　전주우석대학 국어국문학과 조교수

▼ 1983. 9. 1　　　전주우석대학 상벌위원회 위원

▼ 1984. 3.15　　　번역서『中國思想의 根源』(중국문화대학 이
　　　　　　　　　사장 張其昀 저)(공역)(文潮社) 출간

▼ 1984. 2.28　　　중국(대만)문화대학 중화학술원에서 명예
　　　　　　　　　문학박사 학위 받음

▼ 1984.2.18~2.24　중국(대만)한국연구학회에서 논문 발표
　　　　　　　　　(주제 : 중·한 현대시에 나타난 민족의식
　　　　　　　　　의 표출)

▼ 1984.1.1~1984.12.31　전주우석대학 인사위원

▼ 1985　　　　　　한국시문학회 회원

▼ 1985. 9.15　　　제3시집『안개 속에서』(학문사) 출간

▼ 1985.10.27.　　 7급 지방공무원 임용시험 출제위원

▼ 1986.2.20~1989.2.28　전주우석대학 대학원 국어국문학과 주
　　　　　　　　　임교수

▼ 1986.3.1~1987.9.30　전주우석대학 2부 학부장(야간대학장)

▼ 1986.10.1~1991.9.30　전주우석대학 국어국문학과 부교수

▼ 1987.3.20　　　우석 서정상 박사 회갑기념문집 간행위원

▼ 1988.5.10　　　우석대학교 개교 10년사 편찬위원

▼ 1988.11.29~1992.2.20　전라북도 도정 자문위원

▼ 1988.7　　　　　제1회 亞洲作家大會 참가

▼ 1989.9.23~10.1　제54차 국제PEN대회에 한국대표단으로 참

가(캐나다 토론토 및 몬트리올)

- 1989.12.5 문교부장관 표창장
- 1990.3.2~1991.2.28 우석대학교 대학원 국어국문학과 주임교수
- 1990.9.1~1992.12.31 우석대학교 국어국문학과 학과장
- 1991.5.1~ 고려대학교 교우회 이사
- 1991.2.26~1992.2.28 우석대학교 인문학부장
- 1991.3.2~1992.2.28 우석대학교 대학원 주임교수
- 1991.10.1~2004.2.28 우석대학교 국어국문학과 교수
- 1991.10.15 저서 『未堂 徐廷柱硏究』(선일문화사) 출간
- 1992.9.20 저서 『한국의 현대시 이해와 감상』(선일문화사) 출간
- 1992.3.1~1994.2.28 우석대학교 대학원 주임교수
- 1992.6.1 이철균 시비 건립추진위원(시비 비문 글씨 씀)
- 1992.7.1 김해강 시비 건립추진위원
- 1992.7.25.~1994.7.22. 전북지역 독립운동기념탑 추진위원 겸 독립운동사 편찬위원(독립운동기념탑 글씨 씀)
- 1992.10.5. 12회 도민의 장 심사위원
- 1992.10.26. 제33회 전라북도 문화상 심사위원
- 1993.2.15~1995.6.27 전주직할시 승격 및 범시민추진위원회 자문위원
- 1993.3.1~1994.12.31 우석대학교 인문학부장 겸 대학원 주임교수

▰ 1994.4.11	완주군 이미지 가꾸기 자문 및 심사위원
▰ 1994.11.22	"바른교육 큰사람 만들기" 高大 VISION 2005 발기인
▰ 1995.12.23	맥(貘)동인회 회원(同人 : 피천득, 이원수, 김상옥, 김원길, 송하선 등)
▰ 1997.1.25	저서 『시인과의 진성한 만남』(배명사) 출간
▰ 1997.7.15	미당 시문학관 건립추진위원회 상임자문위원
▰ 1998.3	한국법조 삼성인(三聖人)동상 건립 추진위원
▰ 1988.5.10	제4시집 『강을 건너는 법』(새미출판사) 출간
▰ 1998.9.10	저서 『한국명시해설』(푸른사상사) 출간
▰ 1998.6.5	『미산 송하선 교수 회갑기념 논문집』 간행
▰ 1998.7.21	KBS 전국 시 낭송대회 심사위원장
▰ 1998.12.29	풍남문학상 수상
▰ 2000.10.15	저서 『서정주 예술언어』(국학자료원) 출간
▰ 2000.10.28	한국비평문학상 수상
▰ 2000.10.30	『유재집(裕齋集)』(번역서)(이회문화사) 출간
▰ 2002.4.15	저서 『夕汀詩 다시 읽기』(이회문화사) 출간
▰ 2002.5.4	백자예술상 수상
▰ 2002.6.15	제5시집 『가시고기 아비의 사랑』(이회) 출간
▰ 2002.5	〈한·일문화 교류회〉 일원으로 일본 千葉縣 세미나에 참가
▰ 2003.3.1	우석대학교 인문사회과학대학 학장
▰ 2003.5.24	제6시집 『새떼들이 가고 있네』(리브가) 출간

	장서 5000권 우석대 도서관에 기증
2003.7.18	『시적담론과 평설』(국학자료원) 출간
2003.8.30	우석대학교 교수 정년 퇴임(명예교수 추대장 받음)
2004.9.30	『송하선 문학앨범』(푸른사상사) 출간
2008.10.25	미당평전 『연꽃 만나고가는 바람같이』(푸른사상사) 출간
2011.11.10	제7시집 『그대 가슴에 풍금처럼 울릴 수 있다면』(발견) 출간
2012.11.16	제8시집 『아픔이 아픔에게』(푸른사상사) 출간
2013.7.17	신석정 평전 『그 먼나라를 알으십니까』(푸른사상사) 출간
2016.7.14	미당문학회 창립 고문